タキシードサムの
シェイクスピア

人生の教訓になる名台詞

朝日文庫

はじめに

ウィリアム・シェイクスピアは、
イギリスを代表する詩人・劇作家です。

彼はたくさんの作品を残しました。
『お気に召すまま』という作品には
「この世は舞台、人はみな役者」
という有名なセリフが出てきます。

人はみな、人生という名の舞台を
まるで役者のように、
その場その場に応じた振る舞いをして
生きているというのです。

うまくいかないことがあっても、
それもまた人生。
すべてが自分の責任でもない。
失敗にくよくよ落ち込まなくても大丈夫。

タキシードサムと一緒に
シェイクスピアの作品の中でも、
四大悲劇といわれる
『ハムレット』『オセロー』『リア王』『マクベス』
を追って人生を豊かに生きるヒントを
見つけにいきましょう！

KEYWORDS

Chapter 1
HAMLET【ハムレット】…… 10

12　聞くのはいいこと。心に効くこともある。

13　つらいときは立ち止まっていい。

14　本当は敵かも。いや、本当は味方かも。

15　どう見られるかよりどんな自分でいるかを大切に。

16　人の心は変わるもの。きみのせいじゃない。

17　「誰にも言わないで」と思うことは口にしないで。

18　物事をうまく進めるには用意と対策が肝心。

19　どんなに注意しても間違えない人なんていない。

20　言わない優しさも本当の優しさ。

21　つないだ手、つなぎ続けよう。

22　本当に大切な人って意外と少ないもの。

23　お金は大切に。自分のために上手に使おう。

24　厄介事は避けるべき。関わるなら覚悟が必要。

26　自分のことを話すより、みんなの話に耳を傾けて。

27　やりたくないことは、やらなくていい。

28　友だちにお金を貸すと友情もお金も失うよ。

29　優しい顔をした人にこそ要注意!!

30　きみがやりたいことが、今、きみに必要なこと。

31　思いもよらないことが起きるのはあたりまえ。

32　正しくないと思うことを簡単に譲る必要はない。

34　悩みすぎると、悩みが複雑になっていく。

35　ぼくはきみのことが大好きだよ。

36　腹八分目がちょうどいい。食事も人生もね。

37　「良い」か「悪い」かは捉え方で変わってくる。

38　生きている。ただそれだけで、すごいこと。

39　きみが迷うのは、きみが優しいからだよ。

40　やり返さないのは負けじゃない。

41　右か左か。○か×か。結論はすぐに出ない。

42　本音がうまく伝えられなくて、傷つけてしまうこともある。

43　どんなに演じてみても、本音は偽れない。

44　感情が爆発しそうなときは、深呼吸して数秒待とう。

45　自分を優先しすぎると自分自身が一番損するよ。

46　間違いに気づいたら、前向きに軌道修正しよう。

47　厳しく聞こえる言葉も相手を思えばこそ。

48　明日が今日の続きとは限らない。

49 「やりたい」と思ったときが行動するタイミング。

50 外からの指摘って意外と正解だったりする。

51 勢いが経験を生み、経験があれば失敗が減る。

52 結果良ければ、すべて良し。

53 自分の思うままにはならないのが人生。

54 今日という日に感謝して大切に生きよう。

55 どの一瞬も大切に生きている？

Chapter 2
OTHELLO【オセロー】 …… 56

58 悪い人って魅力的。騙されないよう気をつけて。

59 恋は「する」ものじゃなく、「落ちる」もの。

60 親子でもうまくいかないこともある。

61 いったん落ち着いて。相手も、きみもね。

62 あの日、つらかったね。今日はあの日じゃないよ。

63 優しい言葉を探すより、優しい行動をしよう。

64 「この人すごい！」って思える人を大切に。

65 なりたいきみになれる。いつかきっと。

66 出会えてよかった。そのことを忘れないで。

67 すぐに評価されなくても、きみは素晴らしい存在だよ。

68　誘惑は、もっともらしい理由と一緒に現れる。

70　奇跡が起きるのは、きみが頑張ったからだよ。

71　一度傷ついた信頼は取り戻すのが難しい。

72　嫉妬は苦しい。慣れない、消えない。

73　ほしいものがない日は、世界一幸せな日。

74　疑いの目で見ると、すべてが疑わしくなる。

75　どんなに嫌な人からも学べることがある。

76　人生は儚い。後悔しないよう生きよう。

Chapter 3
KING LEAR【リア王】…… 78

80　思っていることを、言葉にするのは難しい。

81　うしろめたいことは、隠してもいつかバレる。

82　手遅れにならないよう、すぐにやろう。

83　盲目的に信じるのは危険。冷静な目を持とう。

84　感謝されなくてもいい。きみの優しさは尊い。

85　控えめに表現するのが、賢い生き方。

86　精一杯頑張ったってうまくいかないこともある。

87　わからないのはダメじゃない。学ぼうとしないことがダメ。

88　役に立つものだけが「必要」とは限らない。

89　頑固さやわがままは大失敗やトラブルのもと。

90　心が暴風雨でも、暴走しないことが大事。

91　友だちや仲間は、きみの心を守るバリア。

92　「もうダメかも」は、全然ダメじゃない。

94　あって当然なものなんて、ひとつもないよ。

95　「どん底の状態」を嘆かなくても大丈夫。

96　悪ぶっている人からは、早く離れた方がいい。

97　「自分を変えなきゃ」と思い悩まなくていい。

98　人生って、泣きたくなることの連続。

99　悲しみを知っている。それが優しさになる。

101　「間違いない」と思っても、うまくいくとは限らない。

102　ベストタイミングは、いつか必ずやってくる。

103　自分の気持ちに素直に。ゆっくり言葉にしてみよう。

Chapter 4
MACBETH【マクベス】…… 104

106　良いことをするのが良い人とは限らない。

107　恐ろしい想像は、どんどん膨れ上がってしまう。

108　放っておいても明日はちゃんと来る。

109　じっくり考える方が、良いこともあるよ。

110 　人はみな表があれば裏もある。

112 　やるしかないときは、やるしかない。

113 　眠れないほど、不安な夜もある。

114 　楽しいと思えることは苦労を苦労と感じない。

115 　望むものが手に入っても、幸せじゃないなら意味がない。

116 　悪いことは雪だるま。どんどん大きくなる。

117 　全部きみのせい、なんてことは絶対にない。

118 　自分に正直に、は、時によりけり。

119 　後悔する前にやめておく勇気も大事。

120 　「いつも通り」が一番危ない。

121 　最悪だ！なら、あとはよくなるだけ。

122 　「終わらない」と思うから、つらい時間が長く感じる。

123 　結果は日々の積み重ね。そのことを忘れずに。

124 　嫌ならやめていい。でも、最後にもう一回。

125 　諦めの悪い自分。いてもいいじゃない。

126 　何のための人生か、なんて
　　　考えすぎなくっていい。

Chapter 1
HAMLET
【ハムレット】

Shakespeare

主人公はデンマークの王子ハムレット。父である王が突然世を去り、叔父のクローディアスが王位に就きます。母のガートルードはその叔父と再婚し、ハムレットは複雑な思いを抱きます。

ある日、ハムレットに父の亡霊が真実を伝えます。その死はクローディアスによる毒殺だった、と。復讐を決意したハムレットは狂気を装います。

ハムレットはクローディアスの側近ポローニアスを誤って刺殺。ポローニアスの娘でハムレットの恋人だったオフィーリアは悲しみのあまり川に身を投げ、ポローニアスの息子レアティーズは父と妹の敵（かたき）をとるためクローディアス王と手を組み、剣術試合の杯と剣に毒を仕込んでハムレットを待ち受けます。

試合の日、叔父クローディアスを殺し敵討ちを果たしたハムレット。しかし母ガートルードは毒杯で命を落とし、ハムレットもまた毒剣の傷でこの世を去ったのでした。

聞くのはいいこと。
心に効くこともある。

あんな声、こんな声に心が揺れて、疲れるよね。でもそれは、きみがいろんな意見に耳を傾ける柔軟さを持っているから。いろんなことに影響されてもいいんだよ。思わぬ気づきを得られることもあるから。

決して信ずまいと取堅めてござる其お耳の砦を、二晩までも見つづけました物語りで、もう一度襲ひませう。『ハムレット 第一幕第一場』

つらいときは
立ち止まってていい。

つらいことや気になることがあって、何も手に付かないことってあるよね。でも、それでいい。立ち止まって俯瞰して見てみると、大したことじゃないってわかることもあるからね。

これぞ心の眼を痛むる微塵。『ハムレット 第一幕第一場』

本当は敵かも。
いや、本当は味方かも。

「味方だよ」って言っていた人に裏切られたり、つっけんどんな人が意外に優しかったり。他人の心はわからない。信じすぎず、警戒しすぎないことが、自分の心を守る道だよ。

親族以上だが、肉親以下だ。『ハムレット 第一幕第二場』

どう見られるかより
どんな自分でいるかを大切に。

周囲からいい人に見られたかったり、悪い印象を与えたくなかったりするのは誰も同じ。でも、それを気にしすぎて自分らしくいられないのはもったいない。きみがどんな人かは、きみがわかっていればいい。

見ゆるとや、母上？ 見ゆるとやらは知らぬ、正に其通りにあるのぢゃ。『ハムレット 第一幕第二場』

人の心は変わるもの。
きみのせいじゃない。

信じていた友だちが去っていく。最愛のパートナーに裏切られる。つらいけれどしょうがないこと。人の心がふとした拍子に変わってしまうのは、大昔から同じなんだ。それは、きみのせいじゃない。

あゝ、脆(もろ)きものよ、女とは汝(なんぢ)が字(あざな)ぢゃ!『ハムレット 第一幕第二場』

「誰にも言わないで」
と思うことは口にしないで。

ここだけの話は、ここだけじゃ済まない。人の口に戸は立てられない。わかってるのについしゃべってしまうときはあるけれど、きみが話したことは、相手も誰かに話す。口止めは誰かじゃなく、自分の口にしよう。

<small>胸が裂けうとまゝ、黙ってゐねばならぬ。『ハムレット 第一幕第二場』</small>

ものごとをうまく進めるには
用意と対策が肝心。

「もしも」のことを考えて準備していれば、不測の事態が起きてしまっても、慌てず冷静に対応できる。あらかじめいろんなパターンを想像して「気をつける」ことが、一番の安全策。

用心は万全の策(はかりごと)。『ハムレット 第一幕第三場』

どんなに注意しても
間違えない人なんていない。

「いつも正しく」なんて無理だよね。人は誰でも間違えながら、学んで成長していくものだよ。間違ったときに大事なのは「次どうするか」を考えること。一歩ずつ、自分なりに進もう。

若い時分には我れから誤つ、傍らから誘はずとも。『ハムレット第一幕第三場』

言わない優しさも
本当の優しさ。

どんな場面でも理路整然と発言できる人ってすごいよね。でもその言葉が、相手を傷つけることもある。きみが口下手なのは、自分の言葉で人を傷つけないようにと考えているから。きみの優しさの表れなんだ。

考慮をうかと舌に出すな（略）。『ハムレット 第一幕第三場』

つないだ手、
つなぎ続けよう。

いろんなものが目まぐるしく移り変わっていく時代。人間関係だって変化していくのは仕方がない。でも、きみが本当に大切だと思う友だちとは、関係を続ける努力をやめないで。

試験済の友達は逃さぬやうは鉄箍をはめておけ。『ハムレット 第一幕第三場』

本当に大切な人って
意外に少ないもの。

SNSには「友だち」があふれてるけど、本当に大切な人や信頼できる人って、実はそんなに多くない。相手のことを簡単に信じる前に、信じるに足りる相手かどうか、じっくり確かめてみて。

まだ翼も生え揃はぬ巣立たぬ知合と握手して手の掌の皮を厚うするな。『ハムレット 第一幕第三場』

お金は大切に。
自分のために上手に使おう。

自分の好きなことにお金を使って没頭できるのって幸せだよね。でも、お金の使い道はちゃんと考えて。自分の未来のために、本当に必要なものを見極めて、身の丈に合った使い方をしよう。

財嚢(さいふ)が許すならば身の廻りには金目を吝(おし)むな、但し異様な好みはすな。立派は可し、華美はわるし。『ハムレット 第一幕第三場』

厄介事は避けるべき。
関わるなら覚悟が必要。

問題が起きたとき、なんとかしようとするのは優しさだけど、すべてに首を突っ込むと苦しくなる。どうしても見過ごせないときは、途中で投げ出さず最後まで責任を持つという覚悟で。

喧嘩口論には関係(かづら)ふな、されども関係(かづら)うた上は骨のあることを敵手(あひて)に知らせい。『ハムレット 第一幕第三場』

自分のことを話すより、
みんなの話に耳を傾けて。

自分の話ばかりしていると、人は離れてしまう。だって、みんな、自分のことを話したいからね。相手の言葉に耳を傾けて、ただ黙って聞いてあげられる人になれたら、周りに人が集まってくるよ。

誰が意見も聞くは可し、我意見は言はぬが可し。『ハムレット 第一幕第三場』

やりたくないことは、
やらなくていい。

周りがやってるからって、本当は気が進まないことをやっていないかな？　無理に合わせる必要なんてないよ。きみの時間は、きみが本当にやりたいことに使えばいい。やりたいことがないならのんびりしよう。

最も大切なる訓……己れに対して忠実なれ（略）。『ハムレット 第一幕第三場』

友だちにお金を貸すと
友情もお金も失うよ。

お金を借りるのは、お金が足りないから。お金が足りない人が、借りたお金を返すのは難しい。貸したお金は返ってこないし、友だちとも気まずくなっちゃう。貸し借りはやめておこう。

借金は倹約の刃鋒を鈍くし、貸金は動もすれば其元金を失ひまた其友をも失ふ。『ハムレット 第一幕第三場』

優しい顔をした人にこそ要注意!!

他人を騙そうと企んでいる人が、必ずしも悪い顔をしているとは限らない。むしろ、優しい顔をして誘惑する言葉を吐きながら、近づいてくることもある。簡単に騙されないで。

面に笑をたゝへながら、笑みつゝも尚かくの如き大悪事を行ふ者
『ハムレット 第一幕第五場』

きみがやりたいことが、今、きみに必要なこと。

ぼくらは情報に囲まれすぎて、あれもこれもやらなくちゃと焦りがち。でも、何が大事かを決めるのは自分自身。やりたくないことを無理してやらなくていい。やりたいことや必要なことをゆっくり探そう。

此上は、大切な命令を。(略) きッと天に誓うたぞよ。『ハムレット 第一幕第五場』

思いもよらないことが
起きるのはあたりまえ。

どんなに準備していても、どんなに順調なときでも、想定外のことって必ず起きる。それが世の中の常だから、自分のせいだと落ち込まなくてもいいよ。

この天地の間にはな、所謂哲学の思いも及ばぬ大事があるわい。『ハムレット 第一幕第五場』

正しくないと思うことを
簡単に譲る必要はない。

争いを避けて生きていきたいのは山々だけど、「自分は正しい」「絶対に譲れない」と感じたときは主張してもいい。どんな傷を負ったとしても、後悔し続けるよりましだから。

此世の関節が外れたわい！ ……何たる悪因縁ぢゃ、俺が反正（はんせい）の任を帯（お）びて、此様な世に生るゝとは！『ハムレット　第一幕第五場』

悩みすぎると、
悩みが複雑になっていく。

悩んでいるときや不安なときは、悪いことばかり考えてしまって、心の中でどんどん問題が大きくなって、こんがらがっていく。じゃあどうしたい? もっとシンプルに考えてみよう。

簡潔は智慧の精神（略）。『ハムレット 第二幕第二場』

ぼくはきみのことが
大好きだよ。

もし、世の中にひとりぼっちだって感じて
しまう瞬間があるとしても、きみはひとり
じゃない。きみのことを支えてくれる人、
応援してくれる人は必ずいる。

星の火を無しとも思せ。昇る日を停むとも思せ。まことをも偽と
おぼせ。しかはあれ、予に二心ありと思すな。『ハムレット 第二
幕第二場』

腹八分目がちょうどいい。
食事も人生もね。

ほしいもの、なりたい自分。手に入れるために頑張るのはすてきなことだけど、何もかも手に入れた成功者って本当に幸せなのかな。満月はもう、欠けていくだけ。足りないぐらいでちょうどいい。

仕合せ過ぎませぬといふ意味合で、仕合せにござります。『ハムレット 第二幕第二場』

「良い」か「悪い」かは
捉え方で変わってくる。

物事の良し悪しは、自分の心次第。自分の経験を振り返ると、「あれは嫌な出来事だった」と思っていることも、意外と悪い点ばかりじゃないかもしれないよ。

思做(おもひな)しの外には事物の善も無く、悪も無い。『ハムレット 第二幕第二場』

生きている。
ただそれだけで、すごいこと。

自分には価値がない、なんて落ち込まなくていい。誰もがみんな、生きているだけで価値がある存在なんだよ。何かを成し遂げなくてもかまわない。毎日頑張っているきみは、すごい人だよ。

人間は、ま、何たる造化の妙エぢゃ!『ハムレット 第二幕第二場』

きみが迷うのは、
きみが優しいからだよ。

困っている人を助けたいのに、ためらっちゃうことってあるよね。それは、勇気が足りないんじゃなくて、きみが優しくて、人を思いやれる人だから。迷ってもいいし、動けない日があっていい。

良心が人を臆病者にならせをる（略）。『ハムレット 第三幕第一場』

やり返さないのは
負けじゃない。

誰かに攻撃されたとき、やり返すのもひとつのやり方だけど、それが正解とは限らないよね。負けたように見えても、ぐっとこらえることができたきみの心は、きっと相手よりも強くて美しい。

残忍な運命の矢や石投を、只管堪(ひたすら)へ忍んでをるが男子の本意か（略）？『ハムレット 第三幕第一場』

右か左か。○か×か。
結論はすぐに出ない。

いろんな場面で「さぁどっち?」と選択を迫られるけど、決められないときもあるよね。大切な決断を前に悩むのはあたりまえ。ゆっくり考えて、自分が納得できる答えを見つければいい。

世に在る、世に在らぬ、それが疑問ぢゃ。『ハムレット 第三幕 第一場』

本音がうまく伝えられなくて、傷つけてしまうこともある。

いつだって本音で語り合えたらすてきだけど、相手のことを大切に思いすぎて、本音が言えないことってあるよね。相手のことを傷つけてしまうこともあるけれど、自分を責めすぎなくていいよ。

こりゃ寺へ往きゃ、寺へ。『ハムレット 第三幕第一場』

どんなに演じてみても、
本音は偽れない。

どれだけ自然に演じてみても、心の中で信じていることは振る舞いに出てしまう。求められている役割に自分を合わせて、偽って頑張っているのはつらいよね。いつも自分に正直でいよう。

演劇(しばゐ)は、今も昔も、いはゞ造化(ものゝに)に鏡を捧げて、正邪美醜の相容(すがたかたち)や当国、当世の有りのまゝを写して見する筈のものぢゃによって、度を過しては本意に外るゝ。『ハムレット 第三幕第二場』

感情が爆発しそうなときは、
深呼吸して数秒待とう。

感情に振り回されることってあるよね。でも、イラッとして、怒りに任せた発言をしてもいいことなんて何もないよ。そんなときは、一息ついて、1・2・3。数秒経ったら怒りは消え去っているはず。

情が高ぶって、早瀬、暴風、乃至 旋風(つむじかぜ)のやうに狂ひ乱るゝ最中ぢゃとて、必ず程といふことを学んで、ふくらみを失はぬやうにするが肝腎ぢゃ。『ハムレット 第三幕第二場』

自分を優先しすぎると
自分自身が一番損するよ。

相手が悪くて、自分が正しいと思っても、
糾弾(きゅうだん)してはいけない。誰だって一方的に
責められたら、腹が立つし、悲しいよね。
相手にも相手の言い分や立場がある。「き
みはなぜそうしたの？」って聞いてみて。

おゝ羞恥心よ！ 世の中に汝の血統(ちすぢ)は絶えたか？『ハムレット
第三幕第四場』

間違いに気づいたら、
前向きに軌道修正しよう。

あたりまえのようにやっていたことが、間違っていると気づいたらどうする?「ずっとやってるのに今さら?」「みんなやってるのに自分だけ?」。そんな言い訳をせず、いい方向に舵を切り直し習慣を改めよう。

習慣といふ怪物は、悪いといふ事をつい忘れさする悪魔ぢゃ(略)。『ハムレット 第三幕第四場』

厳しく聞こえる言葉も
相手を思えばこそ。

大切な人だからって、何もかもを許していいわけじゃない。間違いを正そうとした結果、きつい言い方になってしまうこともあるかもしれない。でも、愛情を持って伝えたことは、きちんと相手に伝わるよ。

只もう為を思ふばかりに酷いこともせねばならぬ。『ハムレット 第三幕第四場』

明日が今日の
続きとは限らない。

今ある日常がずっと続いていくかどうかなんて、誰にもわからない。さっきまであたりまえだったことが、突然なくなるかも。失うものがあれば、得るものもある。昨日にしがみつかず、変化を受け入れよう。

今日の事は分れど、明日は如何(どう)なることやら。『ハムレット 第四幕第五場』

「やりたい」と思ったときが行動するタイミング

新しいものに挑戦したくても、なかなか手が出せずに時間が流れてしまうことってよくあるよね。せっかく芽生えた熱意が失われてしまうのは、あまりにももったいない。気持ちがあるうちにチャレンジしよう。

<small>為ようと思ふ事は為ようと思うた時に為すべきぢゃ（略）。『ハムレット 第四幕第七場』</small>

外からの指摘って
意外と正解だったりする。

何事も慣れてくると、横から口出しされるのが嫌になるもの。でも実は、きみが慣れてしまったからこそ見落としている無駄や間違いがあるかもしれない。外からの声には、謙虚に耳を傾けて。

使ふことの少ない手は細かしいことにも感ずるわい。『ハムレット 第五幕第一場』

勢いが経験を生み、
経験があれば失敗が減る。

怖いもの知らずでぶつかってみることで、
壁を破れることもある。あれこれ考えても
うまくいかないときは、悩む前に飛び込ん
でみると良い結果につながるかもよ。

一向の無分別が却って大功を立つることがある。『ハムレット 第五幕第二場』

結果良ければ、
すべて良し。

どんなに頑張っても、うまくいかないことがある。ダメかなと思っていても、うまくいくことがある。結果は自分じゃコントロールできない。失敗しても落ち込まず、成功したらとことん喜ぼう。

よし荒削りは人間がしようとも、所詮の仕上は神力(かんぢから)ちゃわい。『ハムレット 第五幕第二場』

自分の思うままには
ならないのが人生。

自分ではどうしようもできないところで、物事が動くことってあるよね。「なんでこんな目に」って落ち込んだとしても、変えられないこともある。抗(あらが)わずに、流されてみると、未来でうまくいくこともあるよ。

雀が一疋落つるにも天の配剤。『ハムレット 第五幕第二場』

今日という日に感謝して
大切に生きよう。

人の命は短いし、一瞬で奪われてしまうこともある。生きているのがつらくなる日もあるかもしれない。でもね、今日、きみが生きていることで、幸せな人もいる。今日という日があるのは奇跡なんだよ。

人の命は「一」と言ふ程の間さへもない。『ハムレット　第五幕第二場』

どの一瞬も
大切に生きている？

「もし今日交通事故に遭ったら」って考えたことある？ やらなきゃいけないこと、どうしてもやりたいことは、今すぐやろう。どんな一瞬も無駄にはしないという覚悟を持てば、人生は変わっていくよ。

何事も覚悟が第一ぢゃ。『ハムレット 第五幕第二場』

Chapter 2
OTHELLO
【オセロー】

Shakespeare

ヴェニスの将軍のオセローは、恋人のデズデモーナの父から交際を反対され、駆け落ち同然に結婚しました。オセローの部下イアーゴは、自分より先に昇進したキャシオーを失脚させるため、キャシオーとデズデモーナが不倫関係にあるという偽情報をオセローに吹き込みます。

イアーゴは、オセローが妻に贈ったハンカチを盗み、キャシオーの部屋に置くことで、巧妙にオセローに不倫を信じさせます。

嫉妬に狂ったオセローは、キャシオーを殺すようイアーゴに命じるとともに、最愛の妻を殺してしまいます。しかしその直後、イアーゴの妻・エミリアが、あのハンカチは夫が盗んだものであり、すべてはイアーゴの計略だったと打ち明けます。

イアーゴはエミリアを刺殺して逃走しましたが捕らえられます。オセローは息絶えた妻にキスをしながら自ら命を絶ちました。

悪い人って魅力的。
騙されないよう気をつけて。

新しい出会いって、わくわくするよね。いい友だちになれそうな、すてきな人だとなおさら。でも気をつけて、人を騙すような人ほど、とても魅力的に見えたりする。信じきる前に、もう少し様子を見て。

見懸通りの男ぢゃありゃしないよ。『オセロー 第一幕第一場』

恋は「する」ものじゃなく、
「落ちる」もの。

年齢はこれぐらいで、収入はいくら以上。身長はこれぐらいで、容姿は……。理想の恋の相手を、いろんなものさしで測ろうとするけれど。好きになっちゃったら、その人がきみにとっての正解だよ。

今、年寄りの黒羊が貴下の許の白羊に乗り掛ってるんです。『オセロー　第一幕第一場』

親子でも
うまくいかないこともある。

血がつながった親子でも、違う人間なのだから、ときには意見がぶつかってしまう。お互いへの思いやりを大切にして、自分の気持ちだけを押し付けないように気をつけよう。

あゝ、親にゃァなるまいもの！『オセロー 第一幕第一場』

いったん落ち着いて。
相手も、きみもね。

何かトラブルが起きたときや相手が怒っているとき。頭に血が上った状態じゃ、何もうまくいかない。すぐに行動せず、すぐに口答えをせず、まずは深呼吸して、周りを見よう。それだけで冷静になれるから。

ぎらつく剣を鞘に蔵めい、夜露で錆るわい。『オセロー　第一幕第二場』

あの日、つらかったね。
今日はあの日じゃないよ。

つらいことがあって受けた心の傷は、なかなか消えないもの。でも、それは今じゃなくて過去の出来事。目を開いて、目の前にある小さな幸せに意識を向けてみて。心がわくわくしてくるから。

過ぎ去った不幸(ふしあはせ)を哀しむのは新しい不幸を招く基(もとゐ)である(略)。『オセロー 第一第三場』

優しい言葉を探すより、
優しい行動をしよう。

友だちが落ち込んでいるとき。誰かが困っているとき。どんな言葉をかけるか悩む前に、いま自分にできることを探してみて。ただそばにいること、そっと立ち去ること。何も言わなくても、きみの優しさは伝わる。

語は語です、傷を負うた心臓が耳から薬を注ぎ込まれた薬で治った例はございません。『オセロー 第一幕第三場』

「この人すごい!」って思える人を大切に。

友人や同僚のちょっとした言動に、「すごい」とか「かっこいい」って感じることってあるよね。その人は、あなたにとってきっと大切な存在になる。あなたも、誰かにとってそんな存在になれるといいね。

私はオセローどのゝ心をば相貌(すがた)と詠(なが)めて(略)。『オセロー 第一幕第三場』

なりたいきみになれる。
いつかきっと。

理想の自分と今の自分を比べて「全然ダメ」なんて落ち込まなくていい。こうなりたいという気持ちがあれば、いつかきっとそうなれる。理想と今のギャップは、きみの人生の「のびしろ」なんだ。

かうなるのも、あゝなるのも、皆人間様御自身のお細工なんだよ。人間の肉体は花畑で、精神は其(手入れをする)庭師なんだ。『オセロー 第一幕第三場』

出会えてよかった。
そのことを忘れないで。

友だちも、家族も、恋人も。この広い地球上で、出会えたことが奇跡。出会いに感謝、いてくれることにも感謝。離れ離れになることだってあるけれど、偶然再会できたら、それは運命かもしれない。

今死んだなら此上も無い幸福(しあはせ)ぢゃらう(略)。『オセロー　第二幕第一場』

すぐに評価されなくても、
きみは素晴らしい存在だよ。

どんなに頑張っていても、思い通りにならないことがある。実力があるのに、報われないことがある。きみの評価はきみにしかできない。自分で「頑張った」と評価できたらそれでいい。きみは素晴らしい。

功労がなくッても時々は手に入るが、罪が無くッても時時は無くなる。『オセロー 第二幕第三場』

誘惑は、もっともらしい理由と一緒に現れる。

昨日頑張ったから大丈夫。ちょっとだけなら大丈夫。みんなやっているから大丈夫。誘惑が連れてくる理由たちは、つい信じたくなるものばかり。どうか誘惑に負けないで。

悪魔が大罪悪を人間にさせようとする時分にゃ、先づ殊勝らしい様子をして誘惑す（略）。『オセロー 第二幕第三場』

奇跡が起きるのは、
きみが頑張ったからだよ。

物事が突然、魔法のようにうまくいくことってあるよね。それは、単なる偶然なんかじゃない。きみが知恵を絞って、準備してきたからだよ。奇跡というのは、人の頑張りの結果起きるものだから。

人間は智慧で仕事をする、魔術でやらかすんぢゃない（略）。『オセロー 第二幕第三場』

一度傷ついた信頼は
取り戻すのが難しい。

お金よりも何よりも、人から認められる人間であることが、一番誇らしい。簡単に裏切ったり嘘(うそ)をついたりしていると、信頼はすぐに失われる。周りの人に信用してもらえる自分でいよう。

名誉は、男にも女にも、魂(たましい)ひから直接二番目の宝物でございます。
『オセロー 第三幕第三場』

嫉妬は苦しい。
慣れない、消えない。

誰かをうらやましいと感じたり、好きな人の行動が気になったり。嫉妬はすごく苦しい。なければどんなに楽だろう。でも、決してなくならない。嫉妬心もきみの一部。一緒に生きていくしかない。

邪推は人の心を玩んで餌食にする緑眼玉の怪物です。『オセロー第三幕第三場』

ほしいものがない日は、
世界一幸せな日。

今、誰かに「ほしいものある?」と聞かれたと想像してみて。もし「特にないなぁ」と思えたら、あなたは世界一の幸せ者。お金や物がどれくらいあるかじゃなく、心が満たされているかどうかが大切。

貧乏でも足ることを知ってゐりゃ、大金持も同然(略)。『オセロー第三幕第三場』

疑いの目で見ると、
すべてが疑わしくなる。

「この人自分のことを裏切っているかも」と思いはじめたら、相手の言動や、行動のすべてが疑わしく思えてきてしまう。でも、一度立ち止まって、相手と自分の関係を冷静に見つめ直してみよう。

空気ほどの軽いものでも、疑ってる者にゃ、聖書の御本文ほどの証拠になる。『オセロー 第三幕第三場』

どんなに嫌な人からも
学べることがある。

周囲の人に対して「ちょっと嫌だな」と思うことってある。指摘して角を立てる必要はないけれど、そこから目をそらす必要もない。大事なのは、自分にも似た部分がないか考えて、あったら直すこと。

其悪い事を見習はず、それで却って身の足らぬのを矯(なほ)すやうな習慣をお授け下さいませ。『オセロー 第四幕第三場』

人生は儚（はかな）い。
後悔しないよう生きよう。

恋、友情、出世、裏切り。人生には様々な出来事が起きるもの。それでも、終わるときには、あっという間に感じるもの。悔いがない一生を過ごしたいね。

これがわしの一生の旅の果ぢゃ、わしの最後の船着（ふなつき）ぢゃ。『オセロー 第五幕第二場』

Chapter 3
KING LEAR
【リア王】

Shakespeare

ブリテン（今のイギリスの一部）の老君主リア王は王位を退き、領土を3人の娘に分け与えることを決めました。長女と次女は巧みなお世辞で父への愛をアピールしますが、誠実な三女のコーディリアは父への感謝の言葉を述べるだけでした。リア王はコーディリアの態度に怒り、長女と次女にだけ土地を分け与えました。コーディリアの誠実さに感心したフランス王は、王妃として彼女を迎え入れます。

しかし長女と次女は領土を受け継いだ途端、父を軽んじるように。権力を失ったリア王はやがて娘たちから城を追われ、嵐の荒野をさまようまでに落ちぶれてしまいました。

コーディリアから父を救ってほしいと懇願されたフランス王はブリテンに軍を派遣。リア王はブリテンに戻ってきたコーディリアと再会し、過去の仕打ちをわびますが、フランス軍はブリテン軍に敗れてしまいます。コーディリアは殺され、嘆き悲しみ娘の遺体を抱きしめるリア王もまた、失意の中で命を失います。

思っていることを、
言葉にするのは難しい。

思っていることを、きちんと言葉にして、相手に伝えるのは難しい。伝わったときは嬉しいけれど、伝わらなくてもあたりまえだと思っておこう。口下手でも、行動で示すことができたらいいよね。

妾は心に思うたことは、言ふよりも先きに行はうと存じますゆゑ(略)。『リヤ王 第一幕第一場』

うしろめたいことは、
隠してもいつかバレる。

悪いことをしてうまくいったとしても、本人が一番、それが悪いことだってわかってる。今は上手に隠せているつもりでも、いつか、周りにもわかってしまうもの。それを抱えて生きていくのは、しんどいよ。

八重に包んだ虚偽が今に露見する時が来ませう。『リヤ王　第一幕第一場』

手遅れにならないよう、
すぐにやろう。

不安になったり、未来への心配だったりで眠れない日もあるかもしれない。そんなときは、どうしてそう思ってしまうのか、考えよう。見ないふりをすると、さらに不安が広がっちゃうからね。

どうにかせにゃなりませんよ、今のうちに。『リヤ王 第一幕第一場』

盲目的に信じるのは危険。
冷静な目を持とう。

友だちや家族を信じるのは大切なこと。いい関係が築けるからね。でも、信じすぎるのも考えもの。客観的に相手や自分、関係性を見る目を持っておけば、何が起きてもちゃんと解決できる。

信じ過ぎるよりは安全です。『リヤ王 第一幕第四場』

感謝されなくてもいい。
きみの優しさは尊い。

相手のためを思ってやったのに、感謝されないこともあるよね。でも、その人のために何かしてあげたきみの優しさは本物だよ。他人の受け取り方は決められない。でも、優しさや誠意は持ち続けよう。

恩を知らぬ子を有つ親の苦しみは、蝮蛇(まむし)の牙(きば)に咬まるゝにもますこと（略）！『リヤ王　第一幕第四場』

控えめに表現するのが、
賢い生き方。

知っていることをひけらかしたり、持っているすてきなものを見せびらかしたりせず、控えでいよう。知識も財産も、必要なときに、それに応じただけを使っていくのが賢い生き方だよ。

見せびらかすより多くを貯へ、知ってるよりかも少く言うて（略）。
『リヤ王　第一幕第四場』

精一杯頑張ったって
うまくいかないこともある。

状況をよくしようと思って頑張ったのに、さらに悪くなることってあるよね。世の中にはうまくいかないことってある。きみは最善を尽くして頑張ったんだから、それでいい。きみが悪いわけじゃない。

良うしようと力(つと)めて、却(かへ)って悪くすることがありますから。『リヤ王 第一幕第四場』

わからないのはダメじゃない。
学ぼうとしないことがダメ。

最初はできなくてもいい、わからなくてもいい。ひとつずつ学んで、練習して、経験を積んでいけば、できること、わかることが増えていく。焦らず少しずつステップアップしていこう。

聡明にもならんうちに、齢を取るやつがあるもんかい！『リヤ王 第一幕第五場』

役に立つものだけが
「必要」とは限らない。

誰かから見たら無駄なものでも、本人にとっては思い出が詰まっているものってあるよね。簡単に物事を決めつけていると、大切なことを見落としてしまうかもしれないよ。

<small>必要を論じるな。見るかげもない乞食さへも、其貧窮の極に在って、尚ほ何か余計なものを持ってゐる。『リヤ王 第二幕第四場』</small>

頑固さやわがままは
大失敗やトラブルのもと。

わがままや頑固さが過ぎると、人からの大事なアドバイスを見逃しがち。自分だけで突っ走って大失敗につながることもある。自分の考えに固執せず、素直に人のアドバイスにも耳を傾けてみて。

頑固な我儘な人には自業自得の苦痛が、きっと良い教師になります。『リヤ王 第二幕第四場』

心が暴風雨でも、
暴走しないことが大事。

苦しいときって、何を見ても苦しいし、何をしても苦しい。そんなときは、ただ時間が過ぎるのを待つのも大切。しばらくすると少しずつ、心の天気も変わってくる。晴天までもうすぐ。

吹けい、風よ、汝(おのれ)が頬を破れ！『リヤ王 第三幕第二場』

友だちや仲間は、
きみの心を守るバリア。

人生の困難は、誰にだって訪れるもの。どれだけ嫌な目に遭ったとしても、一緒に苦しみ、一緒に耐えてくれる人がいれば、きみの心は守られる。だから、ひとりで苦しまないで。

悲歎(かなしみ)にも伴(つれ)があり、難儀にも侶(とも)がありゃァ、大概の苦痛(くるしみ)が忘れられる。『リヤ王 第三幕第六場』

「もうダメかも」は、
全然ダメじゃない。

本当に最悪の状態って、人生の中に一度あるかどうかくらいじゃない？ きみが自分に対して「もうダメ」って思うときは、実はまだ全然ダメじゃない。「最悪」かどうかは、そのときは判断できないものだよ。

「こりゃー等悪い境遇だ」と口で言い得る間は、まだまだ一等わるいのぢゃァない。『リヤ王 第四幕第一場』

あって当然なものなんて、
ひとつもないよ。

きみの人生にとって欠かせないものって、実は身近にあったり、すでに持っていたりする。なくなって初めて気づく、なんて悲しすぎるから、日々、自分の身の回りにあるものに感謝して、大切に扱おう。

目の見えた時分には折々蹉躓(けつまづ)いた。『リヤ王 第四幕第一場』

「どん底の状態」を嘆かなくても大丈夫。

大きな悲しみや試練が訪れても、それはいずれ、喜びに変わる。良い状態と悪い状態は、巡っていくものだから。悲観せず心穏やかに。今できることをやっていれば、また運は巡ってくる。信じてみて。

悲哀(かなしみ)極(きは)れば悦来(よろこびきた)る。『リヤ王 第四幕第一場』

悪ぶっている人からは、
早く離れたほうがいい。

悪ぶっている人やはみ出し者がかっこいいように思えることってあるよね。でも、一緒にいると、同じような人が集まってくる。きみが居心地のいい人と、一緒にいるって大事だよ。

汚れた輩(やから)は只汚れたものゝみを賞翫(しゃうくわん)する。『リヤ王 第四幕第二場』

「自分を変えなきゃ」と
思い悩まなくていい。

自分の性格が嫌いとか、三日坊主が嫌とか。直したいところがあったとしても、そのままの自分をまずはよしとしてみよう。だって、世界は、きみの力でどうにかできることばかりじゃないんだから。

人間の根性(こんじょう)を支配する者は、天上の星に相違ない。『リヤ王　第四幕第三場』

人生って、
泣きたくなることの連続。

泣きたくなるようなことって、たくさんあるよね。でも、人生はこれからも続いていく。人生という舞台ではつらいことのほうが多いかもしれない。でも、だからこそ世界の美しさに気がつけるのかもしれないよ。

吾々は生れると号く、なんでこんな阿呆ばかりの大舞台へ出て来たかと思うて。『リヤ王 第四幕第六場』

悲しみを知っている。
それが優しさになる。

人生は、思ったようにいかないことがたくさんある。きみが味わった悲しみは、他の人への思いやりに変わる。つらい思いをした分、優しさが生まれて、いずれ、きみのところに返ってくるよ。

運命の打撃に馴らされ、艱難辛苦を経験して、其味を知ってますので、他人の不幸をも思ひやりますのです。『リヤ王 第四幕第六場』

「間違いない」と思っても、うまくいくとは限らない。

「これなら絶対にうまくいく!」。確信してスタートしたプロジェクトでも、失敗することもある。大事なのは、自分が「これ」と思ってはじめたことを蔑(さげす)むよりも、「頑張った」と胸を張ること。

志(こころざし)を意(おも)い正しうして最悪の運命に遭遇(あ)うたはわたしたちが最初(はじめて)ではない。『リヤ王 第五幕第三場』

ベストタイミングは、
いつか必ずやってくる。

物事にはタイミングがある。だから、うまくいかなかったのは、「今じゃなかった」ってだけ。きっと、いつか最高のタイミングがやってくる。それまでは、焦らずゆっくり待っててもいいんじゃない？

人間は死ぬも生れるも自分勝手にはならん筈です。何事も覚悟が第一。『リヤ王 第五幕第二場』

自分の気持ちに素直に。
ゆっくり言葉にしてみよう。

「言うべきこと」や「やるべきこと」にとらわれていると、自分の本当の気持ちがわからなくなるよ。どうすべきか、よりも、どうしたいか。もう少し、自分の気持ちに寄り添って、言葉に出してみよう。

当座の感じは言はうとも、当然のことは言はれません。『リヤ王 第五幕第三場』

Chapter 4
MACBETH
【マクベス】

Shakespeare

スコットランド王ダンカンに仕える重臣マクベスは反乱軍との戦いに勝利して城に戻る途中、3人の魔女から「いずれ王になる」と告げられ、王位への野心を抱きます。王は戻ってきたマクベスをたたえますが、マクベスは王を暗殺して王位を奪うことを決意します。

マクベスは妻に相談し、まず妻がダンカン王の護衛たちに酒を飲ませて酔いつぶし、マクベスが深夜に王を刺殺しました。このときマクベスは「マクベスは眠りを殺した。もう眠れない」という幻聴を聞き、その後不眠に悩むことになります。

王位に就いたものの心の平安を得られないマクベスは、次々と邪魔者を殺していきます。マクベスは再び魔女のもとへ向かい、「森が攻めてこない限り大丈夫」などという予言を受け自信を取り戻します。

ですがマクベスは木々をまとい森に偽装して侵攻してきたダンカン王の息子・マルカムらに殺されてしまいます。

良いことをするのが
良い人とは限らない。

あらゆるものは多面体。いい、悪いなんて、簡単に決められるものじゃない。良い行いの裏に何か悪い狙いがあるかも。悪いことが起きているように見えて、実は良いことが生まれているのかも。じっくり見極めなきゃね。

清美は醜穢、醜穢は清美。『マクベス 第一幕第一場』

恐ろしい想像は、
どんどん膨れ上がってしまう。

未来はどうなるかわからないから、考えただけで怖くなってしまうこともある。想像上だけの嫌な出来事にとらわれすぎて身動きできなくなる、なんてことにはならないように。

現在の怖ろしさは想像の怖ろしさ程ではない。『マクベス 第一幕第三場』

放っておいても
明日はちゃんと来る。

たとえ今日がどんなに酷い日であったとしても、自分がどんな失敗をしてしまったとしても、時間は必ず流れていく。くよくよせず、「どうにかなるさ」と気楽に構えて、明日が来るのを待とう。

どうともなれだ、大あらしの日だっても、時間は経つ。『マクベス 第一幕第三場』

じっくり考える方が、
良いこともあるよ。

何でもパッと決断して実行できる人はすごいけど、その決断が正しいとは限らない。すぐに決めて後悔することもある。慌てて決めて、間違った道に進むよりも、ゆっくり考えて決めればいい。

やってしまへば、それで事が済むものなら、早くやってしまったはうが可い。『マクベス 第一幕第七場』

人はみな
表があれば裏もある。

嫌悪、嫉妬、怒り……。そんなネガティブな感情を持っちゃうのは自然なこと。ただ、ありのままの自分ではなく、演じることによって、物事がうまくいくこともあるかもしれない。

罪のない草花と見せかけて、其蔭の蝮になってゐなくちゃいけません。『マクベス 第一幕第五場』

やるしかないときは、
やるしかない。

つらいこと、やりにくいことなんて、やらずに済むならそれが一番。でもどうしても避けられないなら、「やるぞ！」と決めて最大のパワーで取り組もう。やらずに後悔するより精一杯やった方が気持ちいい。

しっかり勇気をお出しなさい（略）。『マクベス 第一幕第七場』

眠れないほど、
不安な夜もある。

大きな出来事を前にして、緊張でなかなか寝つけない日もあるよね。その不安は外からではなく、自分の中から来ているもの。「大丈夫だよ」って自分を安心させてあげよう。

もう安眠は出来んぞ！ マクベスが安眠を殺しっちまった（略）。
『マクベス 第二幕第二場』

楽しいと思えることは
苦労を苦労と感じない。

自分が楽しみながらできたことや、人から感謝されたことは、たとえどんなに苦労をしたとしても「つらかった」とは感じない。働くとき、誰かを手伝うとき、自分や人の喜びを意識してみて。

喜んでする労力には苦痛を覚えません。『マクベス 第二幕第三場』

望むものが手に入っても、
幸せじゃないなら意味がない。

願いを叶（かな）えても、喜んでくれる人がいなかったら嬉（うれ）しくないし、人を蹴落として手に入れた成功は、なんとなく喜べなかったりする。幸せでいるために必要なものってなんだろう。

何にもならない、みんな無駄になっちまふ、望みは遂げたっても、満足が得られなけりゃ（略）。『マクベス 第三幕第二場』

悪いことは雪だるま。
どんどん大きくなる。

やってしまった悪いこと。自分が一番よくわかっているよね。一度はじめてしまうと、抜けられなくもなるし、一生懸命隠しても、取り繕(つくろ)っても、どんどん心は苦しくなる。悪いことには最初から手を出さないで。

悪で始めた事は悪の力で堅固になる。『マクベス 第三幕第二場』

全部きみのせい、
なんてことは絶対にない。

頑張ったけどうまくいかなかった。そんなときは、自分を責め続けないで。運や巡り合わせ、周囲の状況……。失敗には様々な原因がある。失敗にとらわれすぎないことも大事だよ。

済んだ事は済んだ事です。『マクベス 第三幕第二場』

自分に正直に、は、
時によりけり。

嫌なものは嫌、好きなものは好き。そんな風に自分の気持ちに、いつも正直でいられたらとても幸せ。でもみんながそれをやったら、きっと世界は殺伐としちゃう。心に仮面(かぶ)を被せなきゃいけないときもあるよ。

顔を心の仮面(しゅう)にして、本性を包み隠してゐなけりゃァならんやうぢゃァ！『マクベス 第三幕第二場』

後悔する前に
やめておく勇気も大事。

何か違うような気がする。そんな違和感を抱えながらズルズルと続けてしまうのはすごく危険。進めば進むほど引き返せなくなる。傷が深くなる。

血の河の中へ、斯う深く踏み込ぢまった以上、渉り果(わた)(お)するより外に仕様がない『マクベス 第三幕第四場』

「いつも通り」が
一番危ない。

知らない道を歩くときは、誰でも慎重になる。怖いのは通い慣れた道。何度も通ってるからって気を抜いていると、何か落ちてくるかも。変な人とすれ違うかも。人間関係も、何事も慣れたころが要注意。

油断は人間の大敵だらう。『マクベス 第三幕第五場』

最悪だ!
なら、あとはよくなるだけ。

「もう、最悪」。その言葉を口にしたときが、チャンスタイムのはじまり。「最悪」は、状況がどんどんよくなるターニングポイントなんだ。だってそこが「最も悪い」んだから、あとはよくなるだけ。

凶極まれば止むか、でなけりゃ、前の位置へ向上することになりませう。『マクベス 第四幕第二場』

「終わらない」と思うから、
つらい時間が長く感じる。

自分の置かれている状況が苦しいなと思ったら、「必ず終わる」と考えよう。いつまでもこのままだと思い込んでしまうから、余計に苦しくなる。希望の光は絶対に見えてくるから、心配しなくても大丈夫。

永久に明けないと思へばこそ夜が長いのである。『マクベス 第四幕三場』

結果は日々の積み重ね。
そのことを忘れずに。

今日がダメでもかまわない。明日がダメなら明後日積めばいい。明日は必ず来るから、今日がダメでも諦(あきら)めないで。

明日が来り、明日が去り、又来り、又去って、「時」は忍び足に、小刻みに（略）。『マクベス 第五幕第五場』

嫌ならやめていい。
でも、最後にもう一回。

嫌だな、自分には合わないなと思ったら、無理に続けなくていい。でも「やめる」と決める前に、少しだけ工夫したり、何か変えたりしてみよう。ダメでもともと。そこからうまくいくこともあるかも。

最後の運試しをしてくれる。『マクベス 第五幕第八場』

諦_{あきら}めの悪い自分。

いてもいいじゃない。

「しがみつくのはみっともない」とか、「どうせ私なんか」とか、変なプライドであっさり諦めてない？　本当は諦めたくないのなら、諦めなくていい。ギブアップのタイミングは自分で決めようよ。

戦ひ半ばに「待て！」と呼び掛けた者は地獄へ落ちるぞ。『マクベス　第五幕第八場』

何のための人生か、なんて考えすぎなくっていい。

失敗や挫折(ざせつ)を大きく捉えて落ち込みすぎだよ。人生はいつか終わるのだから、「自分の人生の意味」なんて深く考えなくてもいい。それよりも、今日ひとつでもいいことがあったらそれでいいよね。

消えろ消えろ、束の間の燭火(ともしび)！　人生は歩いてゐる影たるに過ぎん、（略）惨めな俳優だ（略）。『マクベス　第五幕第五場』

W・シェークスピア著／坪内逍遥訳
『完全新版 ザ・シェークスピア』(第三書館)から訳文を転載しました。

ブックデザイン　福間優子

原稿協力　言語化工房

タキシードサムのシェイクスピア
人生の教訓になる名台詞

2025年4月30日　第1刷発行

編　者　朝日文庫編集部
発行者　宇都宮健太朗
発行所　朝日新聞出版
　　　　〒104-8011　東京都中央区築地5-3-2
　　　　電話　03-5541-8832(編集) 03-5540-7793(販売)
印刷製本　大日本印刷株式会社

©2025 Asahi Shimbun Publications Inc.
©2025 SANRIO CO., LTD.TOKYO,JAPAN Ⓗ
キャラクター著作　株式会社　サンリオ
Published in Japan by Asahi Shimbun Publications Inc.
ISBN978-4-02-265192-1
＊定価はカバーに表示してあります
落丁・乱丁の場合は弊社業務部(電話03-5540-7800)へご連絡ください。
送料弊社負担にてお取り替えいたします。